中国現代詩人文庫 4

金昌永詩集

川中子義勝／佐々木久春／金春龍 監修
柳春玉 訳

土曜美術社出版販売

序

このたび「中国現代詩人文庫」という形で、優れた中国詩人たちの詩の翻訳を日本の読者に紹介するはこびとなった。一人ひとりの作品を一冊ずつにまとめ、順に刊行していく。

彼らは中国朝鮮族出身の方々で、黒龍江省、吉林省、延辺朝鮮族自治州、遼寧省（瀋陽）などの地域で活動されている。朝鮮半島の根本にあたるその地域は、すでに尹東柱ゆかりの地として知られているが、そこで今日なお詩人たちがどのように暮らし、いかなる作品を記しているかを、今回初めてつぶさに知ることができる。詩人たちの関心はそれぞれ違い、様々な主題を表現している。自然を愛しそこに命の歌を聞こうとする詩人もいれば、経済的破綻の現実や社会の困難な側面と向きあおうとする詩人もいる。現実を受けとめ、さらに芸術の真実を追究してゆく。あるいは故郷を離れ、暮らし続ける土地への執着を象徴的に語る。発表が困難でも、詩への愛ゆえに懸命に言葉を紡ごうとする。

それぞれの課題達成のために力を尽くす彼らの詩を日本語に移すのは、同郷の詩人柳春玉。久しく日本で生活を営みつつ自ら詩作に励んできたが、このたび恩を受けた詩人たちに報いるべく献身的に翻訳の筆を取った。その熱意と努力には頭が下がる。中国、韓国、日本の間を仲介するその業績が、今後の国際交流に貢献し、良い関係を築いていくための一助となることを願って已まない。そのためにも監修者として見守ることができたことを喜びとする。諸事情で魁を果たす詩人たちには久しくお待たせしたが、まずはこうして揃っての出立が叶った幸いを言祝ぎたい。

東京大学名誉教授　川中子義勝

詩集　西塔

詩集　西塔

西塔《ソタプ》*1　1

昨夜　夢の中から呼んだ
おじいさんが懐かしい
明け方　西塔を訪ねる
塔の下で塔の言葉に耳を傾ける
ヒョンプンハルメコムタン屋でテールスープを一杯飲みほし
妙香山《ミョヒャンサン》*2牡丹峰《モランボン》*3を経て漢拏山《ハルラサン》*4に至る
これまで顔さえ見たこともないおじいさんが
前から手招きするように　後ろに付いてくるように
私は　戻って再び塔の下に立つ
空の向こうから　かすかに聞こえてくるおじいさんの声
「お前　西塔を胸に焼き付けろ！」

*1　中国遼寧省瀋陽市にある寺院。朝鮮族が多く居住し、西塔コリアンタウンと呼ばれている。
*2　北朝鮮の中部にある山。
*3　北朝鮮の平壌にある峰。
*4　韓国の済州島にある山。

西塔　2

延寿《ヨンス》寺《サ》*といえば　知っている者があまりいない
もはや延寿寺としてのみ残っているわけではない

雨が降ると　雨粒に木鐸《ぼくたく》の音が染み込んで
日が昇ると　太陽の日差しに僧侶たちの読経《どきょう》の音が揺れた
延寿寺は西塔と再び呼ばれ
白いキキョウの花を胸に咲かせた

僧侶たちが去った延寿寺は
白い服の魂が染み込む
道行く人たちの胸の中に塔としてそびえ立つが
今はもう塔ではなく

道路として横たわった
西塔が横たわる道路には
線香の代わりに
白いキキョウの花が咲いて　明るい

＊　西塔の別名。

西塔3

——梁世奉《ヤンセボン》*将軍の銅像に付す

切られた一生が
過ぎ去った歴史を物語る
目まぐるしい馬蹄の音に
奪われた畑　失われた山が
肩を上下に揺らしてすすり泣く
暗闇の中で曙光を探してさまよった
不屈の魂は松の木で青々としている
止まった時間の中に
切られた一生が
今日を起こす

＊　韓国の独立運動家。

西塔　4

――田畑を見上げながら

追い詰められた連中が
一人ひとり集まって来た
荒涼としたこの地
太陽の光　星の光を問わず
かれらの足取りは　せわしく動いていた
果てしない原野
一つ一つかれらの願いが染み込んで
まかれた種が芽生え
ついに　生まれた田畑
風さえ心変わりしたのか
原野が　もはや荒涼としない

生きる道を探していた　かれらの血と汗と
日差しをいっぱいに吸い込んでふっくらと実った稲たちが
どういうわけか　ご飯になって食卓に上がると
立ち上がるご飯の湯気の中で
かれらの笑顔は豊かになり
部屋の中は一昨日の原野の草の香りが立ち込めている

西塔　5
――小さな路地

昔の面影はなくても
名前は残って
小さな路地だね

およそ百年前
鴨緑江《アムノクカン》*の向こう岸
なわを綯《な》って輝いていた生
小さな路地に横になったよ

そうして　寝そべった一つの歴史
誰かの胸に溜まり宿って

時が来てまた目覚める
思い出　一つ

昔の面影はなくても
今も夜になると
一時の生き方が揉まれた音
ヒソヒソ聞こえてくる

＊　北朝鮮と中国の国境を流れる川。

西塔　6

ある日　ここに立つまで
私は孤独な風だった
蝶のしぐさに従って
鳥の声を追って
離れたくない私は
慣れ親しんだ故郷　涙を流して
カゲロウより劣る一日一日を
フワフワ漂わなければならなかった
ある日ここに立って
日の光を追って　横になってから立ち上がり
横になってからまた立ち上がりながら
昇る日　沈む日の間　話を続ける

闇になったら　身を隠して
おじいさんに呼ばれて
故郷に帰る夢を見る

西塔　7

正午猛暑に夏バテした塔が
疲れて病いを患い
朝日が顔を出すまでは
ジョギングする人たちが集まって
世間話　ああだこうだと話す声も聞こえたけれど
時間が少し経って　日が西の山の頂を越えると
その誰が塔の正午を
記憶するのか
塔の不眠が
この夜を患う

西塔　8

――黒溝山城

富爾江を横にして
黙って寝ている江山《こうざん》の向こう
千年の魂が宿る黒溝山城
おじいさんの昔の跡をたどって
私はなぜ険しい森の道を登るのか
ここで生まれ　奉天原野と紫禁城を立ち回っていた
ヌルハチ*の偉容が目の前に思い浮かぶが
山城の　旧跡は
誰を恨むのか　樹々は茂って
思いがけない私の侵入に
破られた千年の静けさが

日差しを浴びて身悶える
私の耳に響くのはなんと
ヌルハチの馬の蹄の音だけか
山城の悲運は富爾江になって今日に流れ込む

＊　清の太祖。

西塔　9

塔の下で
塔の横になった姿を見ながら
私は自分の体を横たえる
塔の横になった胴体と
私の横になった体が一つになる瞬間
私は
塔に立つ

西塔　10

歩荷《ぼっか》*の力で立って
いかめしい塔に

歩荷の魂で生まれ変わる
永遠に崩れない塔で

家を出た歩荷の哀歓が染み込んだ
私の胸に大切な塔で

＊　山を越えて荷を運ぶことを仕事とする人。

西塔　11

僧侶たちが去って行って
塔は無言のまま

私の目に見えるのは
空っぽになった空ばかり
星はどこに行ったのか?

私の心は空《そら》のように空《から》になり
風一つ吹かない
湖のように静まり返っている

もうこれ以上

塔はなく
僧侶たちも居ない

西塔　12

今まで私に沿って歩いてきた道は
西塔が歩んできた道に沿って
西塔のそばに横たわった
道に沿って歩いてきた足が
塔の道を辿ってきた足の意志を活かし
もっと多くの足を呼んでくる
足に沿ってできた道と
道に沿って集まってきた足並み
西塔街に生まれ変わり
いまや誰かの足を追って
次はどこに行こうとするのか？

西塔　13

悲しさを和らげることができず
端正な　その姿勢のまま
ただあのように立っているのか
悲しみを訴えるすべがなくて
猛暑でひりひりする三伏《さんぷく》*の炎天下や
厳しい寒さが全身に入り込む冬の夜も
黙ってあのように立っているのか
歳月が薬であるように
もう何もかも忘れたらいいのだ
悲しみの中に育つのは何か
一昨日　ここで微動だにせず
これ以上　願いもないようで

言いたくても　言わず　あのように切なく
空を背負って立っているばかり

＊　夏の極暑の期間。

西塔　14

塔から視線をそらして
心から塔を空にすることは
塔のその空間に
私を立てることだ
竹のように茎を立てることや
松の木のように酷寒に活力を生かすことは
塔は　もうわかってしまっていて
残されているのは
塔の空間に塔として生まれては空《くう》になり
それを繰り返すこと
空にして　あるかのようにないかのように
立つ
横たわったように立つこと

西塔　15

——詩人白石《ペクソク》*1を偲びながら

夕焼けがきれいに咲く西塔街に立つと
広がる夕焼けの道に沿って白石の姿がちらつく
両眼で左右を眺め
「ある風　人通りのない淋しい街」を探すのだろうか？
それとも「北館で一人で伏せて」
「ある朝　医者の診察を受けた」自分の姿を探すのだろうか
平安道定州《ピョンアンドチョンジュ》から瀋陽《シェンヤン》まで来て
夕焼けがきれいに咲く西塔街を歩きながら
白石は果たして何を考えていたのだろうか
夕焼けも終わり白石は去り
私は《奉天《ポンチョン》*2クッパ屋》で

「ある風　人通りのない淋しい街」で　白石が
冷えた体を温めて食べたはずの
クッパ一杯で夕食を済ます

＊1　白石（一九一二―九五年）平安北道で生まれた朝鮮の詩人。引用した詩の一節は白石の「南新義州柳洞　朴時逢方」と「故郷」に出てくる一節である、白石は新義州で生活して満州をさまよったという。

＊2　瀋陽市が日本の満州国に支配されていた時の都市名。

西塔　16

――《奉天クッパ屋[1]》

我が家を失って悲しいので
家を探しに夫が旅立って　恋しくて
夫まで失って血の涙を流し
論介《ノンゲ》[2]の気概を見習って
八つの心　涙を拭いて集まった
集まって　大きな家を探すために
小さい家を建てたね

二〇〇八年十月十三日

＊1　夫を亡くした八人の独立軍夫人たちが資金を集めるため西塔街に「奉天クッパ屋」を建てたことから朝鮮人たちの商圏《しょうけん》が始まったという説がある。
＊2　ノンゲ（一五七四―九三年）　李氏朝鮮時代に日本軍に抵抗した妓生。

西塔　17

朝日が広がって
昨夜　くすんだ笑いが影をひそめていた
道の真ん中で慌ただしいタクシーの列や
タクシーの列の横をひたすら走ってゆく自転車
昨夜　ぐっすり眠れなかった街は
夢のうつろに倦怠感を患い
夜は夜じゃなくて　昼みたい
昼は昼じゃなくて　夜みたい
モグラは光を嫌い　トンネルを掘った
朝日が広がると
ジメジメしていた昨夜の笑いが
カーテンを閉め　闇が降りると
月が涙を流す

西塔　18

名もない街は
塔ができて
塔の名前を持った

僧侶たちが去って行って寂しかった塔は
街がにぎやかになり
生きがいができた

塔で立ち上がった街と
街に寝そべった塔越しに
今日も花の雲が溢れるね

西塔　19

たまには引っ越そうかと考えることもある
今　私に与えられた場所が嫌だからではなく
別に行きたい所もないけれど
みんなが寝ている夜のうちに　ひとりで引っ越すことを想像する
私に揃えられた全てのことをボンボン投げ捨てて
空いた空間　空き地を求めて
一人　空いた体だけぽつんと連れて
夢の中のように引っ越す
引っ越しの道中で捨てて
きれいさっぱり空になり軽くなった心
僕の行きたい場所は別にない
高い空をじっと見下ろす

西塔　20

潮が枯れるか
恋しさは果てしなく

波打つ波を見る
私の切実な望みは塔で固まり

遥かなる水平線を仰ぎ
盲目の心　どうしよう

西塔　21

鴨緑江を挟んだ向こうの山を眺めながら
お父さんはいつも
「行きたい　行きたい」とおっしゃっていました
その度にお母さんはお父さんのそばに立って
「会いたい　会いたい」とおっしゃいました

鴨緑江を挟んだ向こうの山を見るのが嫌で
この瀋陽という場所に住みついて
一人になるたびに塔の下に立つと
塔越しにはっきり浮かぶ川の向こうのあちらの山
いつからか私は息子の前で
「懐かしい　懐かしい」と言う

また　いくらか歳月が過ぎた後
ここで生まれ育った私の息子は
無言の塔と塔の向こうのあちらの山を
お父さんのように　私のように　覚えているかな？

西塔　22

私が言いたいのは
強いて言わなくても
知る人ぞ知る　そういうもの
こうしても必ずしたい気持ちは
太陽と月が交代に昇り暮れても
受け取ってくれない無情さに
戻れない心残りが重なって
わだかまった私の胸に
とげが一つ刺さっているから

いつなら行けるのか
いつなら来られるのか
言葉では言い尽くせないのに……

西塔　23

あの果てしなく続く空の下
ひたすら塔として立って
果てしなく続く空
空を突き刺してみても
風間に跡形もない身振りで
痛い傷を加えるだけ

あの広い土地の上に
単なる塔として立って
過ぎ去った事情を忘れられるだろうか
小さな胸で心に刻んでみるけど
痛い傷をもっと加えるだけ

西塔　24

塔を望む
西塔街を歩いていて
疲れがジワジワと押し寄せてくると
わが家であるかのように　塔の下で休もう

塔のこちらと塔のあちらが
僕の目に同じように慣れて
自分の体にも同じように慣れたら
塔のわだかまりを二つに分け
南と北に飛ばしてしまおう

それで疲れがすっかりとれると

それとなく立ち上がって
塔のこちら側を向こう側みたいに見て
塔の向こう側をこちら側のように見てやろう

西塔　25

人々はよく
世間のことをよく分かっていると思っているが
私の前に立つ彼らを見ると
たいていは私のことさえ　よく分かっていない

人々は私の前に立って
目で私の姿を見ることに固執するが
心で私の心を読まないから
私の心の後ろ側の
私の心を読むもう一つの心のことは
もっと知らないのだ
そうして悲しいかな

自分の目がどんなに暗いのかも
知らないのだ

西塔　26

——労務市場

手鋤《てすき》の柄　牛の手綱を握っていた手
大きな望みを抱いてここに来て
ここのどこかの路地裏に
新しい場所を求めて定着した手
泣き笑いだらけになって
すれ違う悲しみと喜びの中で　そうやって
朝を迎え　夜を迎える
時代はこんなに開かれたのか　続いてやってくる
手たちに　果たして分かるだろうか
まだ土のにおいが消えていない手たち
今日も地べたにうずくまって
待ち時間を刻む

西塔　27

ここにこうやって立っているのは
悲しみか　自慢か

一文無しで鴨緑江を渡るしかなかった悲運なら
胸から消えない傷になりしこりになって残り
月日を忘れられない悲しみとなる

本当に　本当に　悲しみの向こうを
照らしている太陽の光が　ここにも差し込む
再び綴る私たちの人生
今日　ここに笑いの花が咲き乱れるなんて
自慢だ　自慢だよ

西塔　28

——朝鮮文書店

子音母音を仲良く合わせた看板ができ
その看板が掛かっている部屋の中
子音母音たち踊る風景の中に
世宗大王《セジョンだいおう》[*1]が花の雲に乗っていらっしゃって
聖なる塔としてそびえ立ち
一途なチュンヒャン[*2]は
恋人を思い　涙を流して
金剛山天仙台の蜃気楼としてそびえ立ち
ト氏老人は　朝夕に
娘のト・ラジ[*3]を呼ぶ

忘れられるもんか　忘れられるもんか
子音母音が調和した塔と
塔が守る子音母音
忘れられるもんか　忘れられるもんか

＊1　李氏朝鮮の国王。ハングルを創造し、制定した。
＊2　古典説話『春香伝』の主人公。
＊3　ト・ラジ（キキョウ）伝説。金剛山の谷間に住んでいたド氏の父娘が借金のために金持ちから追い詰められ、娘が身投げして、ト・ラジ（キキョウ）になったという伝説。

西塔　29

昨日　通りかかったついでに
西塔の朝鮮文書店に寄って
『瀋陽朝鮮族志』を一冊買った

瀋陽の空の下で暮らしながら
瀋陽を知れば知るほどに
本のページを開くたびに
自責の念にかられて頭があがらない

本に書かれた道に沿って
西塔街を読んでみれば
本に書いてなかったものも

沢山あると全身で感じる
塔の下　裏路地が
息づく『瀋陽朝鮮族志』であることに
今さらのように気付く

西塔　30

空を飛ぶ鳥たちを見ると
私には鳥のように飛ぶ才能もなく
一匹の動物であるミミズやアリを見ると
私にはかれらのように地面を掘る本能もない

私の頭の上には空があって
空に輝く太陽は
私の頭上に降臨しては
地中にも染み込んで

私の足下の地下にできた粒々の種
芽が出て地の上に顔を出した後

私の背丈よりもっと高く空に昇って

ましてや実体のない風さえ
時には暖かく　涼しく
時には寂しげに　荒々しく
私の胸に染み込んで

ついに私はここに立って
このすべてを見守ることで
自分の役割を果たすのだ

西塔　31

——西塔大冷麺店

平安道　慶尚道《キョンサンド》*の方言が飛び出し
ウダウダ言う西塔街
「西塔大冷麺店」の前には
のびた長い麺ぐらい
長い待つ人の行列が続いている
ついに順番が回り入ってみると
まるで市場のようにあわただしい
麺の皿をもらうために並ばなければいけないし
食べる席を探すために　また並ばなければいけない
麺一杯の魔力は
二つ半百年の根気だったのか

皿の中に揺れる焼酎二杯の酔いと
犬肉一皿のごちゃ混ぜの香りを振りまいて
てんやわんやの天下を論ずる酔客たちを眺めれば
地上の楽園はまさにここ
痺れを切らして待っている次なる客に押し出され
席を立ち「冷麺店」を出てみれば
未だ少しも減っていない
四方八方から集まってきて待っている人の長い行列に
僕は言葉を失う

＊　平安道も慶尚道も朝鮮八道の一つ。平安道は北朝鮮、慶尚道は韓国にある。

西塔 32

——柳致環《ユチファン》の「絶島」*に答えて

もう涙ではなく
「長い歳月」
「孤独な絶島である」広野は
もう違う
「世界の終わりのような北の意志のない村」も
今は違う
「遥か野原兵営」の「闇」の中の「ラッパの音」は
本当に　本当ではない
太陽が輝く広野の一日は
笑いの花でいっぱいだ
天の果て　余裕のある柳致環の笑いは

何もかもが分かっているようで　それゆえに美しい

＊　引用した詩句は柳致環の「絶島」の詩句である。柳致環（一九〇八―六七年）は、慶尚南道生まれの朝鮮の詩人。

西塔　33

先立った人　後から来る人
休む間もなく変わっても
日の光は　あの日のあの光で
星の光も　あの日のあの星の光だ
寂しさは　形もないほこりであるだけ
一筋の風でときめき豊かな
葉っぱは虚空に不滅の跡を描くが
その跡が積もり積もって
長い歳月の間　いかめしい塔としてそびえ立つ神々しさは
微々たるものの一つ一つも
太陽光のような貴重な存在であることを
静かに悟らせる

西塔　34

長い歳月を三伏の猛暑の下で
塔が日射病を患う
激しい陣痛を胸でなだめ　塔は
火の中でも一番輝く役割を果たすのだ
塔は知っているのだ　あまりにも長い間
曇った日に骨に染み込んだ冷気を温めることは
少しの邪魔もせず全身に任せ
熱を受けすっかり溶けては
この地に立ち直ることを
それで塔は実に塔は
塔らしい塔で
誰の胸中にもはっきり立つものであることを

西塔　35

私の考えの中で私が行く道は
千々に分かれるけれど
いつものように
毎朝起きて私が歩いた道は
たった一筋だった
その一筋で幸いなことは
私の考えの千万の道が　実は
私が歩いたそのたった一筋で繋がったのだ
私が歩んできた道に沿って　さっそく
私の考えはどこに行くのかな？
そこには私の考えの終わるごとに
塔が一つずつ立っているかな？

立って集まって私が思うように
一つになるかな？

西塔　36

私に春はなかった
捨てられた身の上　故郷を離れた土地で暮らす悲しみは
あばら家に叫び　染み込む西風ほど
致命的な拷問だった
春のない世の中に太陽の光はあったか
誰かには　底抜けにすがすがしい天気であったとしても
私には　明るい気持ちになる余裕はなかった
私には　朝と夕方と夜の区別はなかった
そんなにそんなに長い歳月
我慢し続けた悲しみは意地で頭をもたげては
また長い間　その意気を我慢し続け
ついに私たちの味　私たちの匂い

ここに白いキキョウの花の香りが広がり
塔として立ち　ついに
私の春を迎えた

西塔　37

始まりが見えないように
終わりも見えないだろう

悲しい始まりであるといえども
ここまでよくも来られたことを
この土地はよく知っているだろう

この地にすっくと立って
振り返れば
今振り向いて見えるところまでが
ほんとに大事なんだよ

これから先を見ると
はっきりはっきり見えるところまで
私の熱い血を注ぐのだ

見えない果てを見るために
高くそびえる
見えるまでもっともっとそびえるのだ

西塔　38

目を開けて空を見上げれば
実に高そうに見えるが
目をつぶって感じたら　私の手が
天に届いているように
私の目に見えるものたち
いつでも見るもので済ましてはならない

私の西塔街を歩いて　しばらく立ち止まって
君を仰いで思ったことは
君を踏んで立ったこの地の気運と一つになって
頭上は天に届き　ついに
塔もないし　天もないし
私だっていないよ

西塔　39

——和平区中興街三一番地*

かつて奉天と呼ばれた瀋陽の空の向こう
奉天の空の下　心地よい風に吹かれたキム・チャンホが
腕を組んで立ってじっと
瀋陽市和平区中興街三一番地
私の住んでいた昔の家を見下ろす
小さい冷麺屋が麺のように伸び
見るからに雄大な三階建ての青い瓦の屋根が施されており
五千年の白衣の気迫を誇る
夢の中のように見ただけでも
白く咲いたみそ玉の麹の畑の間に
ピリッとするキムチの香りが漂ってきて

キム・チャンホが微笑んで手招きする空の向こうには
「新アリラン」のメロディーがかすかに聞こえてくる

＊ 瀋陽市和平区中興街三一番地は、昔奉天の朝鮮人富豪、キム・チャンホが住んでいた住宅で、瀋陽市市級文化財保護単位に指定された。

西塔　40

もう悲しくはない
たまに涙を流しても
もはや悲しい涙ではない

旅立つはずだった歩みに
悲しみはあったものの
果てしなく続く原野に咲いた
福々しい稲の花を刈って見たか
あの西塔街に仲むつまじい
「私の住んでいた故郷」の歌を聞いたか

太陽の光が美しい日になるたびに

太陽光のように生きることだ
ここで故郷のように暮らすことだ

西塔　41

西塔街の静かな塔は
体で沈黙する方法を教えてくれる
日差しが塔の頭上に舞い降りて
通りすがりの人たちにささやく声を聞けば
ゆったりとした塔の心中《しんちゅう》を察することができる
塔は最後まで口数が少ないけど
塔の顔を撫でる風が
恋人であるかのように塔の言葉を使い
塔の沈黙を解釈する
このように塔は沈黙で
この世の一番美しい言葉を
天の下に飾って

真実に真実に沈黙する方法を
瞬間　瞬間知らせてくれる

西塔42
――北陵《プンヌン》*公園遊び

公園遊びとは　ただの公園遊びですが
その前に北陵という二文字が付けられ
北陵公園遊びをすれば
私は胸が膨らむ

いつもは誰も皆
与えられた時間を生きていくために
本当に忙しい身なので
公園遊びなど考えもしないけれど
毎年六月のある日が
天に召されるかのように押し寄せる

北陵公園遊び

普段着られなかった韓服をきれいに着こなして
空にふわふわと流れる花雲のように
公園の中に溢れる韓国民謡のリズム
ひばりも陶然として耳を傾ける

世の中に　ここ瀋陽にしかない
毎年一回行われる我が北陵公園遊び
公園の中　落葉松は覚えているだろう
アリラン　アリラン打令の息づかい

＊　瀋陽市の北部にある大きな公園。

西塔　43

南方向の西塔街を脱して
右に曲がってすぐ延寿寺に入ると
日差しに乗せられ天の声が聞こえてくるよう
大きくなった胸はふと崇高になり
僕のつま先から離れられない影が消えれば
星のささやき　過ぎし日を話す

幾多の道　西塔街に続いて
ここ稲の花の香り豊かに薫り
名前さえ西塔と再び呼ばれ
長い歳月の間　塔の胸に血の涙で刻まれた
白頭に至るつつじの花道と
漢拏に続くムクゲの花道が見える

西塔　44

ここへ来るまで　吹きつけてくる風は
貧しくて寂しいだけでなく
悲しみで胸がいっぱいだった
貧乏は生まれてからの持ち物で
春の日差しのように暖かく溶かすことができるので
にやりと笑い一度で九重の天に飛ばせるので
悲しみ一つは取るに足りないようでも
私の胸の奥底にできものができて　膿んで裂けて
拭いても拭いても癒えない
死が何かも分からないのに死のように
死ぬより嫌な死みたいなもので
道ならぬ路傍にびっしりと吹いた風の中
まだまだ残っている　かえらぬ悲しみが

西塔　45

このように形があるのは
それが現世であるから

行くのは行くにしても
残るものは残り
それでこそ現世ではないか

あの世を見た人はいるか
塔を仰げば
見えないあの世の意味が
胸に迫る

西塔　46

風がひどく吹いて
たまに私の心が揺れる時は
いつでも　変わることなく君が恋しくて
どこかへ無計画に旅に出たい時も
定まった所をしっかり守って立っている
君の前で限りなく小さくなる

お前だって欲望はないだろうか
与えられた小さいことにも心から満足する
それで空の下で堂々としている君の姿に
欲張りすぎた私の心なんか
今からでも値段もつけずに質に入れるべきだ

西塔　47

風に擦れて　擦れて
風の傷は積もり　積もって
日に焼けて　焼けて
風の傷は恨み　腫れ物として膿み

故郷の風　吹いてこい
故郷の日　照らされてこい
心に切ない祈り

風の傷は鴨緑江の向こうの
向こうの山野だけを眺める

西塔　48

塔がひそひそと話す声を聞くと
一面に冬物語の　冷たさだ
塔に春はあったものの
春のような心の余裕がなかった
実に長い年月
懐かしい故郷の話を聞くことさえ罪になる
胸も凍る　寂しさだった
塔の悲しい冬物語
この身が今までここに立っているのは
故郷の春風がまだ
ここに吹いて来られないからだ
ずっと待とう！

西塔　49

葉が散り
雪が降った西塔街
塔はもっと寂しく見え

降った雪が解けたら
凍りついた私の心も解け
塔の中にしみじみと浸透する

遥かなる寂しさ
アリラン十二峠を歌って　また歌う
声が嗄《か》れる
歌の調子もあまりよくない

陽炎が踊る春の日にも
春の歌は
胸にしまっておいた

西塔　50

雨の日や雪の日には
塔はもっと寂しく見えるが
長い歳月　本当に長い歳月
塔はそうして雪や雨に打たれてきたんだよ

他になすすべもなく　徒手空拳で立ち去った身には
雪や雨の中での空腹は言うまでもないが
荒れた風にも　晴れた日にやってくる太陽の光に
塔は今日まで持ち　堪えてきたんだよ

暖かい春風だけだったら　今日のこの姿
空の下で堂々と自慢できただろうか

また　いつまで　今日まで　やってこられたように
ただ　このまま　こうするしかないのかもしれない

西塔　51

ここ塔の下に立って耳をすませば
平安道　慶尚道　咸鏡道《ハムギョンド》　全羅道《チョルラド》*だけでなく
あらゆる方言がそろい
ウダウダとおしゃべりをする

ソウルに行けば　ソウル弁
平壌《ピョンヤン》に行けば　平壌弁
普段は　地域の仲間同士で遊ぶけれど
ここでは　みんな友達として仲良くする

いつか僕たち　この塔の下に集まって
八道の方言を自慢して

ソウルと平壌のお二人を　特別ゲストとして招待し
一緒に生きる姿を見せてあげられたら　どれだけ良いだろう

＊　朝鮮八道の一つ。咸鏡道は北朝鮮に、全羅道は韓国に位置する。

西塔　52

この世の生き方は定まっていないと思うが
空の下　無言で立っている塔を見ると
実に奇妙なことに　重い胸がパッと開き
頭の中の乱れた考えが一か所に流れ
それにより　新たに私の魂を起こす
塔は無言なのに　声が聞こえてくる
「話をするな　話をするな
君の話を　最後まで聞いてくれる人は
この世にはいないんだから　お前が　いくら偉そうにしても
本当に　本当に　君を分かってくれる人は
この世には　いないのだから　自重せよ
それが　この世に残る道だから」

塔の格言を胸に血で刻んで
塔のように塔の前に立って再び塔を眺めると
塔は依然として黙って立っているだけ

西塔　53

空では　真昼の太陽もそうだし
薄暗い月夜の星の光もそうだし
おのおの　与えられた時間に
塔の肩に落ちて何かささやいて

塔は天の思し召しであるかのように
長い間　黙々と歩んできた
悲しい道　胸に刻んで
空のように地上のどれか一つ
自分に及ばなくても　余裕がある
そのような姿で淡々と立っているので
このように堂々としているのだ
このように堂々としているのだ

西塔　54

——瀋陽の人々

塔の下で
太陽と星の話を聞く

時には「慶会楼」に寄り
豆腐を入れて煮たチョングッチャン*を味見して
「妙香山」でノイバラの花が赤く咲く
南の国　私の故郷を思い描いてみる

塔の中に私の家があるようで
塔の下に立つと
体と心が楽になって

外出時には塔を思い浮かべながら
寝床につく

いつからか
瀋陽の人々の胸の中には
塔が一つずつ建っている

＊ 朝鮮料理に使われる、発酵させた大豆のペースト。

西塔　55

塔が天の下にあるので
我も天の下だ

塔の目に見えるものや
私の目に見えるもの
みんな天の下だ

誰の目にも見えず
空の下の塔の心は
空のように無限であれ
塔の下の私の心は
塔のように無限であれ

西塔　56

いつかまた崩れることがあっても
理由も聞かずに悲しまないで
目をつぶって　考えさえ捨てて
私さえ　いるようでいないように　また何が必要なのか

誰もが　必死で考えても
死んだ人間が考えないことと　大した変わりはないので
空っぽの庭が寂しそうでも　たまには風が吹いて去り
空っぽの空が空虚にみえても　あるものは全部ある

僕が敢えてこうやって立っていることや
ここに来るすべての人々が私のように立っていることや

本当に良いのは　その立っていることさえ　忘れられることだから
今さら　悲しさなど　もうない

西塔　57

塔の心を食べて
味噌玉の麹のにおいが白く
薫る所

食欲がない時
グツグツ煮えたぎったチョングッチャン
母の微笑みが明るい

西塔　58

誰が来るか来ないか
かれらの目つきや心遣いが
狂ってくることを知っているような　知らないような
無心な空が見下ろす

天は知っているはず　長い歳月　磨いて
いつからか自分に似ていく心を
そうして　私の姿を見下ろしていても
天は　真実に無心であることを

もう本当に誰が私を探しても
私とは無縁なので　何も言うことはないし

何とか　私の無心が彼らに伝わり
天の無心に届けばいいだろう

二〇〇八年十二月二十二日

西塔 59
――奉天劇場[*1]

古老の案内に従って　奉天劇場に入ると
黒い雲　低く垂れこめた荒野
目眩く馬のひづめの音が　苦しい胸を振り払い
一世代の若い心は　血を沸かせた
《批判》[*2]が灯籠のように手招きする
席を探して　静かに目をつぶれば
数知れぬ聴衆たちの悲憤の中
胸に響くハン・チョン[*3]の熱い声に
雨雲が去り　新しい日を呼んできて
私はいつの間にかハン・チョンの後を追って
荒野を越えて今日に至る

＊1　奉天劇場　現在の民族映画館。西塔の進歩的な人々が奉天劇場に頻繁に集まり、日帝侵略に反対する秘密行事を行った。
＊2　《批判》　日帝侵略に反対する内容を載せた秘密雑誌。
＊3　ハン・チョン　朝鮮義勇軍選抜縦隊長（軍団長）を歴任、西塔で啓蒙教育を受ける。

西塔　60

そばをちらりとすれ違っただけの人の匂いでも
私の胸にわずかな香りとして残る
この世を生きがいのある世にするより
我が生き方は　このように
互いに手を取り合って共に
山を見たり　空を見たりして
行く時は　私だけ一人で無心に行くけれど
本当に極めて　良い日として
残すのだよ

西塔 61

私が西塔と呼ぶここを
誰かはソウルと呼び
誰かは平壌と呼ぶ

八道*の方言が互いに自慢し合う
西塔街を歩きながら
『徳寿宮』『慶会楼』の看板を見ると
ソウルに間違いない
《妙香山》から響く《お会いできて、嬉しいです》を聞くと
平壌に来たように胸がドキドキする

私が西塔と呼ぶここに

昇るお日様は
ソウルの空と平壌の空で一緒に輝いて
平壌の空とソウルの空を照らすお月様も
夕方になると　西塔の空に
慎ましやかに　うつむいて浮かんでいる

誰かはソウルと呼び
誰かは平壌と呼ぶここを
私は今日も歩いて行く

＊　朝鮮の行政区画の八つの道。

西塔　62

漢拏から白頭へ行く道
いつになったら開かれるかな？
金剛《クムガン》＊1から雪嶽《リラク》＊2に至る道
また　いつになったら開かれるかな？

見捨てられた身の上でも
捨てられない所
塔が出した道は
ここで　塔の心に沿って
漢拏　白頭にたどり
金剛　雪嶽に至る

ここ　塔の下にみんな集まれ
集まって　塔の下で我々
「私の住んでいた故郷」を　声を出して歌いながら
花咲く塔の故郷に
漢拏　白頭の精神を植えよう
金剛　雪嶽の魂を生かそう

＊1　北朝鮮政府統治下に位置する山。
＊2　韓国政府統治下に位置する山。

西塔　63

数多くの人々が鴨緑江を渡り
流した涙が
この塔で固まる
私が塔の下に立つと
自ずと涙が出ることを

涙のない時代を考えて
塔の下に立つと
塔は涙の神髄を
だまって体で知らせる

今更ながら　しょっぱい塔の涙

私の胸に流れ込む
私の胸にも　涙の塔がほとばしるのか
いっそ　この身
塔として固まりたい

西塔 64
——北運河叙情

鴨緑江の水路は　ここへ流れてきたのか
花風ユラユラ波の上に
白い鴨の群れが浮かんでいる北運河
黄金の波がうねる　あの流れを見てごらん

果てしない　トウモロコシ畑が
果てしない　田畑が広がり
絶え間ない北運河の流れが見せてくれる
一粒一粒たわわに実った稲穂が頭を下げて
ありがとう　ありがとうと挨拶している

終わりがどこなのか分からない
いつまで流れが続くかわからない
水路を開拓した人々の魂の身振りであるかのように
秋になれば　うねる黄金の波
さ　あの流れを見なさい

西塔　65

いつか何かによって消えた塔が
いつから無心にあのように立っていることを
消えて　また生まれた塔であるから
一瞬と永遠は結局　ひとつであったことを
ふと　私の霊魂にとって切実なのは
一度行ったら　二度と来られないのは　人間だけであるということ

西塔　66

塔の下に長く留まると
「いいえ」とはあえて言えない

いくら見ても表情がないようでも
数多くの記憶は、生きている
今日に続くあの息遣いの前に
「いいえ」と言えるもんか

塔の下で私を忘れて長くいると
塔になった道の上に
塔になる道の一つになって重なる

西塔　67

生まれ育った所でないのなら
ここよりいい所はないだろう
故郷でなくても故郷のように
心尽くしに仕えることだ

ここが自分の家であるかのようにしっかり守っていれば
住めば都のごとく実感がわくものだ
春になると陽炎と共に咲く花を見ては
花のように明るく笑って
夏も過ぎ　秋も過ぎ
翌年もそのまた翌年も一心に
花のように笑いながら生きて行くことだ

西塔　68

雪の日に塔の下に立って
あなたの住んでいた所を思い描いてみる
あなたが住んでいた所の数多くのこと
白く白く飛んできて
塔の胸に私の心に
何も言わずにそのまま流れ込んで
あなたが住んでいた所の景色が
実に親しげに思い浮かぶ
雪の日に塔の下に立つと
あなたの白い笑みが
ヒラヒラと踊る

西塔　69
——奉天洗濯屋

看板だけが寂しくかかっている
人通りの絶えた奉天洗濯屋
古ぼけて埃をかぶった
古い古い洗濯物のにおいが残っていて
洗濯していた頃の洗濯物の物語がまだ
眠るように呼吸していて
またいくらか年月が経った後も
今のように看板だけが残っているのか
今日だけでも、自分の心を洗う

西塔　70
——満融の歌

音痴の私が
深陽満融に行けば
キキョウ　キキョウ　白いキキョウの歌が
肩踊り*と共に自然と出てくる

月のウサギが教えてくれた所
平安道　全羅道　慶尚道から群がって集まってきた人々
その望みをよみがえらせて
キキョウ　キキョウ　白いキキョウの歌が自然に出てくる

当てもなくさまよっていた足が止まった憧れの街

かすかな牛の獰猛な音　朝を破り
そして　今日も夜が明けた朝の街
深陽満融に眠りはあったのだろうか

この国で一番大きな私の町
他民族が一人もいない純白な心
農の楽しげな舞い　風の楽しげな音が美しく滲み
白いキキョウの花も美しく咲くのだから

夢うつつでも　深陽満融に行けば
我が身に神が宿ったように
キキョウ　キキョウ　白いキキョウの歌が
肩踊りと共に自然と出てくる

＊　肩を上下に動かして踊る、韓国の伝統的な踊り。

西塔　71

無言の塔がひとりの考えで
しょんぼり立っているようだが
塔の下に黙って立って
塔が歩んできた道を辿り直してみると
この世のあらゆるものの考えが
塔の胸に息づいているのだ

季節によって咲く花　彼らを思って
季節に関係なく吹く風　彼らを思って
そして　今日まで流れてきた彼らだけの考えが
塔の胸に　全て息づいているのだ

もう　この世のあらゆるものの考えが
塔ひとりの思いで咲くその日
その日が来れば　塔は
塔ひとりの考えがないように空っぽになり
みなの胸に　みなの塔で
本当は　存在しないように立っているであろう

西塔　72

私これから何かを言えるのか
私一人で立っていて
みんなが流れている

川の水が流れて
風が流れて
彼らの考えさえ流れている

私の身はここに立っていて
私の心は
誰かの考えに乗せられてどこかへ流れている

青空の天の川
白い小舟が流れている

西塔　73

風のように漂い　ここで止まってみると
もうこれ以上　止まるところもない
あえて今の形を整えてみると
もう形もないよ
消して　空き地のように　心を空にしてみると
高い空　あんなに青いのだね

西塔　74
——老道口で

一生　ずっと一人ぼっちの道もあるのに
ここに立って眺めると
東西南北四方八方から集まってきた道が
互いに会って手を握り　肩を組んでおしゃべりして
もういいやと　思い思いに自分の道を行くのだ

塔は道の横に無心に立っているように見えても
道を行き交う人々が話す言葉を胸に刻んでいるのだ

道の言葉を聞き取れない私は
道の上に立って塔を眺めながら

塔が書いておいた道の歴史を読む

道の果ては見えない

西塔　75

塔は　いつも私の胸の真ん中ではなく
流れ行く心の果てに腰をおろしていた
昨年　登り　今年　再び訪れた五女山城
頂上の太極亭から見下ろした桓仁県城は
巨大な塔を背景にしていて
家の中の将軍塚から眺めた川の向こうにも
蜃気楼であるかのように塔の虚像は力強く
朝夕今日まで
音もなく過ぎ去った時間の跡が
ぼんやり昔の歌で私の胸を撫でる時
益々はっきりする塔の不在は　いつしか
私の不在も知っていた

西塔　76

——毅菴《ウィアム》・柳麟錫《ユインソク》*を称えて

寛甸県芳翠溝の山川が
風景になった
太極旗を手にしたあなたの姿は
長い歴史がにじみ出る
名画です

離れた所に立って　注意深く眺めると
一九一五年一月二十九日に描かれた
絵の中には
七十四年間の波風が
しみじみと染み込んでいます

荒れ果てた田畑も
田畑の麓を潤す小川の水も
小川の向こうの青々とした松林も
その中に呼吸する取るに足りない微生物さえ
あなたの願いを知っています

「春川」という名画の中の
あなたが握った太極旗の中には
春川の山河が
ちりばめられています
春川が手招きしています

＊ 柳麟錫（一八四二～一九一五） 李氏朝鮮時代末期から大韓帝国時代の春川出身の義兵長であり儒学者で、号は毅菴、本貫は高興である。

西塔　77

塔の名を持つ私は
塔ではない
塔の名を持つまでに
私の歩んできた道は
実に遥かである

私がいるので　塔は
塔らしい塔になれた
今までは遥かで
今もなお　遥かな
だから　なおさら私らしく
だから　なおさら塔らしく
ああ　遥かなり

西塔　78

あなたと私は
母の身体から
双子で生まれたのに
その母の血と肉で
私は　いつもここを守って
身は離れても　あなたは
夢うつつに　ここを訪れることを

西塔　79

一見すると　そびえるもの一つで
別に何もなさそうだけれど
一年中　余裕をもって眺めてみると
雨風が吹いた跡と
花が咲き実の熟した香りが　心に染みていることを

そのそびえるもの一つが　そびえるまでの
喜怒哀楽を心に刻めば
いつかは　私も塔の一部分になれるのか
明らかに　少し高くなった塔が
もっとそびえるのを

西塔　80

西塔という場所が不思議な時期があった
目や足が不自由でも
西塔山というレッテルがあれば
チュンヒャンのような美しい女性を
運良く嫁に迎えられた
西塔で生まれず
西塔周辺で育った少女は
未婚の男性に嫁ぐというより
西塔に嫁ぐことがもっと大きな願いだった
現在は西塔周辺も西塔とそれほど差がなく
西塔を求めて　お嫁に来る娘はいないけれど
西塔という所がそれほど不思議な時期があった

西塔　81

朝もそうだし　夕方もそうだし
祝日さえも　いつもの姿の塔を見ながら
見栄を張るのは　人間だけが
やることだと分かった
それどころか　この世に
お金や権力に弱い人もまた
自ら高貴だと思う人間ほどではないが
その人たちの目にはもしかすると
塔がぼんやりして見えるのかもしれないが
それでも永遠に生きる方法を
塔は既に知っているのだ
塔の前では隠すことのできない
人間の愚かさよ！

西塔 82
――平壌《ピョンヤン》の娘さん

私に従《つ》いて何度か
平壌の犬肉屋に寄った妻が
時々そこのキムチを買って来いと言う
そういう日　私は訳もなく
一日中　心がそわそわする
ニヤニヤとこっそり笑う
キムチを売る平壌娘の顔が浮かんできて
一人で　心の中で笑ったりして
ボーっとしたりもする
いつもより長かった午前を半日過ごして
昼食の食卓に座ると

ひたすらキムチのことで
食欲がない　食欲がない
午後の半日はもっと苦痛だ
時計の針が止まったかと思って
腕時計をしょっちゅう見るが
秒針は私をあざ笑うようにきちんと動いている
やっと退勤時間になると
いつもより足取りが軽い
「お会いできて嬉しいです　いらっしゃい！」に続いて
「さようなら！」という挨拶を後にして
私は平壌のお嬢さんがくれた笑顔を持って
妻が待つ家に行く
キムチをもらった妻の顔に
美しい平壌娘の顔が重なる

西塔　83

あなたを見上げる
空が見える
空を支えている
あなたの本心が
胸に迫る

あなたを見上げる
何も見えない
すべてを空にして
後は塔でもない
また　他のあなたの本心が
私を起こす

西塔 84
——延辺叙情

塔に向かって　目を閉じると
西塔が抱えている延辺が見える
塔の右肩を巻きつけて横になった
安図が端に据える帽児山の狗肉のお店と
塔の腰を横切って延辺のほとりに達した
图们路の中腹にある九・三居酒屋が
賑わっているころ
琿春路の一松亭では　船頭が既に
豆満江の青い水に筏を浮かべている
歌を後ろにして閉じた目を開けると
塔の左肩が及ぶところに

明るく笑う延辺の韓服屋が
絶妙に塔の背景になる
瀋陽か延辺か
ひとり静かに塔の前に立つと
西塔が抱えている延辺が見える

西塔　85
——駐車しながら

十年前か　正確には十一年前だ
西塔に仕事をしに行くたび　わざわざ
車は塔の前の広い空き地に駐車したりした
駐車代を払わなくてもいいし
おまけに　塔と挨拶を交わすことができてよかった
しかし　長続きしなかった
いつからか老婆一人が
左腕に何の文字もない赤い腕章をつけて
駐車代をもらい始めた
僕も　もちろん　そうだったけれど　他の車の持ち主も
理由を問わず　老人が言う金額を

素直に駐車代として出した
そして三年が過ぎ
そうしたある日　その老婆は見当たらず
その代わりに若い男性が赤い腕章を左腕に巻いていた
二度とそこには車を駐車しなかったが
塔の前を通るたびになぜか
その老婆が懐かしくなったりする

西塔　86

しないことにした愛という言葉
塔を見ると胸に浮かぶ

聞いてくれる者を欲しがらない心
湖水に映った空を見ると感じられる

みんな瞳の中の湖を見て
湖で空を　空から塔を見ながら
本当に　本当に　しないと決心する
愛という言葉を　愛するという言葉を

西塔　87

過ぎし日　告解
成り
島だと切実に思う

苦味に耐える　辛い生活を過ごし
せっせと漕いで行くと
誰もが　滞在できる島

満ち潮の時も引き潮の時も
小さく見える時も　大きく見える時も
訪ねて来る者を　拒まない
相変わらずの　島

西塔　88

風の日も雨の日も
いつもの姿で毅然としている塔の前に立つと
何かによく揺れる私が見える

三伏の炎天下や厳冬の寒さにも
不平不満ひとつない塔を見ながら
私はよく揺れる理由に気づく

風と雨　寒さと暑さを越えて
塔は　ただ塔だけで　永遠を悟りながら
もう動揺しないために
揺れるだけ揺れることにする

西塔　89

――子正*断想

今日か昨日か　どっちつかずのうちに
明日ではない今日を迎える
この時刻のない明日の来る前に
この時刻を過ぎた今日は昨日に消えて
この時刻の特有の明かりだけがほのかだ
そうやって　そうやって
ほのかな光は特有の忍耐力で
昨日も明日もない
今日だけの話を保存する
明かりは消えることを知らない
今日だけが永遠な　今日だけは

＊　子正　夜の十二時のこと。

西塔　90

塔のようにそのまま
空だけじっと
見上げてみる
数万条の光の筋
きらびやかな中に
細々としたあばら家の間
西塔街が蜃気楼として
長く浮いている
遠い未来に私の子孫も
一度はあの蜃気楼を
見るだろうと思い
ただ塔のように

空だけじっと
見上げてみる

西塔　91

私を探す人たちの願いを聞いてみると
この世の強欲に　特別なものはない
健康な人は　健康を祈って
お金のある人は　お金を祈って
権力のある人は　権力を祈って
あとは必ず天国へ行くのを祈る
天国なんて私は知らない
人たちは私が
昼も夜も空を支えているのが
天からこの地におりて
時が来れば　当然のようにこの地から
土の中に入るのに慣れるためだという事実に

気が付いていない
今日も雨は降り
地中にしみこむ

西塔　92

塔の肩越しに
夕焼けが染まっていた
塔の肩にもたれ
私の心にもいつの間にか
夕焼けが滲んでくる
そうやって寝てしまった
夢うつつに私は
夕焼けが染めた塔の言葉が
聞き取れた
塔は既に
私の全てを知っていたことを！

西塔　93

テコでも動かないあの姿勢で
どれだけ多くの心を揺さぶったことか
どれだけ多くの胸を濡らしたことか

テコでも動かないその精神で
いつまで　はためくのか
誰のために　はためくのか

つま先から頭の天辺までテコでも動かない
最後までテコでも動かない
塔よ！

西塔　94

十五夜の月夜
月見に出たが
丸い月はどこかに隠れて
見えずに
空いっぱい
塔だけが夜空にいっぱいだ！

西塔　95

三の字と八の字が引かれて
その時に分かれて
はるか遠くなってしまった
ソウルと平壌は
実に遠くなったね
何十年も流れる間
数多くの人々の願いとは異なり
道は遠ざかる一方で
遠ざかる一方で
それからは　ソウルから平壌へ
平壌からソウルまでの道を諦めて
塔の下に立つ瞬間

塔が抱く西塔街が
平壌とソウルへの近道で
暖かく抱かれてきた

西塔　96

仙界があるかは知らないが
仙界の一日が
俺には三百六十五日だと
信じたい　信じて
私の三百六十五日もまた
塔の一日であることに
気付く

西塔　97
――ナン川の歌

ナンチョンジャ[*1]南山の丘の下
四季折々乾かないナン川が流れる
南山高麗区[*2]白衣の魂が染み込んだのか
流れても　流れても終わりがないね

長い歳月のナン川に幼い女の子の姿
南山の丘の下　ケヤキの木は覚えているよ
春と夏　ナムルを食べて草の根を掘り
冬には樹の皮をむいたね

今日も波ごとの旋律が伴奏するように

「奥さんの義兵の歌」[*3]はほのかだね
自分の土地　自分の家を求めた不屈の魂は
変わらない　ナン川よ　ナン川よ

＊1　ナンチョンジャ　新賓県（中国遼寧省撫順市の自治県）平頂山鎮の小さな村、一九一一年四月、義兵将軍柳麟錫が柳氏家族と友人、弟子たちの家族約五十戸をここ高麗区に移住させた。

＊2　高麗区　新賓県平頂山鎮ナンチョンジャゴルアンを漢族は高麗区と呼んだ。

＊3　「奥さんの義兵の歌」　抗日闘士ユン・ヒスンが書いた抗日詩篇。

西塔　98

午後三時頃だ
数日前　母をあの世に送って
僕を訪ねてきた友達と一緒に
あなたの前を通り過ぎる時
あなたの肩越しにかかっている
昼の月を発見した
昼の月はいつもそんなに
あなたの肩越しにかかっているのか
それとも　時によってかかっているのか
知る由もないが
その日の午後三時頃
胸がじんとした

瞬間だけど　あなたの肩越しに
幼い頃　焼いた芋を私の手に握らせた
訪ねてきた友達のお母さんの顔は明るかった
友達はお母さんが
午後三時ちょうどにお亡くなりになったと
顔をそむけ　また涙を見せた

西塔　99

いつからか延寿寺の片隅に
朝鮮族の伝統市場ができた
誰かが僧侶たちの機嫌を損ねると言って
眉をひそめるが
静かに耳をすまして
塔がささやく話を盗み聞きしたら
あれが人の生き方だって
あんなふうに生きていくべきだって

西塔　100
——西塔朝鮮族学校に付す

塔の経典
訓民正音だ

塔が位置する場所に収まった
訓民正音祭り
子供たちの笑い声にあふれている

この一世紀
塔の意志を引き受けて
名前さえ西塔学校

塔の経典
西塔学校だ

解説

西塔の歴史的意味と詩的な象徴性
——金昌永の連作詩『西塔』

張春植《チャンチュンシク》
中国、文学評論家
中国社科院・民族文学研究所

1 始めに

金昌永の詩は、私たちがいつも食べている味噌やキムチのように素朴で深い味わいがある。華麗な修辞もあまりなく、モダニズムの特徴とも言える難解さもない。しかし、すらすらと読めながら、読むとそこに何か私たちの胸を突き刺す深い意味、深い味わいが感じられる。

今回まとめた詩集『西塔』の連作詩百篇は、彼のこのような素朴で深い味わいを集大成した作品で構成されている。百篇、多いという気もするし、まだ終わっていないという意味に理解しても構わないだろう。そういえば、あの西塔の下に桔梗が咲く限り、すなわち朝鮮族の痕跡が存在する限り、金昌永詩人の詩想も終わることはないだろう。

連作詩は、私たちの詩壇に古くから存在してきた。しかし、金昌永の『西塔』の連作詩のように膨大な規模の連作詩は珍しい。石華詩人の連作詩『延辺』は三十一篇と膨大な量を誇るが、金昌永の『西塔』の三分の一でしかない。意味のあることは、二人の連作詩とも似たテーマを扱っているという点だ。そして、ジャンル的にも二人の連作詩は前例のないもので、一九八〇年代に李旭、金哲、金成輝たちの長編叙事詩が一つのブームとなったように、ジャンル的な革新ブームを起こすのではないかという期待もなくはない。

詩人が関心を持っているテーマ意識を中心に、この詩集の意味と価値を見てみる。

2　共同体のアイデンティティの確認欲求

連作詩の最初の発想は、どうしても朝鮮族の象徴、移住民の象徴として始まったように思われる。西塔と西塔通りは、遼寧省、特に瀋陽に居住する朝鮮族の象徴として広く知られ、これは事実上、延辺と同様に中国内全般の朝鮮族の象徴であるためだ。そのためか、百篇に達する連作詩のほぼ半分以上が民族のアイデンティティの理解と確認の傾向を示している。

1）記憶の中の歴史とその象徴性

詩集の作品には、記憶の中の歴史的な痕跡が多く出てくる。十篇余りが、このような素材を扱っている。例えば、3の梁世奉将軍に対する記憶、4と64の朝鮮族の移民と稲作を通した定着の歴史的な記憶、5の小路の由来、15の白石詩人の記憶、16の「奉天クッパ屋」の由来などがこれに属する。

15は、「詩人白石を偲びながら」という副題がつけられ、作品全体に北関、すなわち私たちの移民地である東北の地に対する白石詩人の印象と思いを再現しているが、数十年という時間的な差を置いて一つの空間の中で繰り広げられた二つの詩人の思いは、私たちに無限の想像空間を与えてくれる。ある意味では、歴史と現在の時間を一つの空間の中に統合させたと見ても大げさではないだろう。そのような詩人の想像の中で、私たちは私たちの生活、歴史と今日の人生を同時に感じることができるからだ。

32では、「柳致環の「絶島」に答えて」という副題がついた日本の植民地時代の移民詩人である柳致環の移民地に対する思い、あるいは情緒と、金昌永詩人の今日の移民地への思いを対照させている。「孤独な絶島」という柳致環の満州国統治下の東北の地の寂しくて孤独な感じに対して、詩人は、「太陽が輝く広野の一日」という表現で対照させている。歴史と今日の現実との時間的な距離感が感じられ、同時に数十年という時間が過ぎた後に変化した定着地の人生の様相が体験的に感じられる。

《奉天クッパ屋》という副題がついた16と「和平区中興街三一番地」という副題がついた39では、朝鮮族が現在暮らしている定着地の歴史的な記憶と象徴性がより重みをもって感じられる。特に、夫を抗日闘争で失った八人の独立軍の夫人が、十匙一飯で開いたという「奉天クッパ屋」の由来を提示した16では、今日の私たちの朝鮮族の定着が、どれほど痛恨の代価を払ったかを記憶させ、39では、再び過去の奉天の朝鮮人の富豪、キム・チャンホが住んでいた住宅を挙げ、そのような歴史的な記憶を立体的に拡散させる。

このような歴史的な記憶が、詩人の想像力を刺激したのは、それが私たちの記憶、先祖を通して私たちの無意識の中にまで浸透している、数多くの象徴と暗示を伴った記憶があるためではないかと思われる。「田畑を見上げながら」という副題がついた4番の作品と「小さな路地」という副題の5、「北運河叙情」という副題の64を通して、私たちは詩人のそのような認識を確認することができる。身一つで川を越え、他国の地に身を委《ゆだ》ねた私たちの祖先たちは、ほぼ稲作技術一つでこの地に定着する土台を作り、数世代にわたってそのように数多の血と汗をこの地にばら撒きながら、今日に至ることとなったのだ。

しかし、詩人が絶えず歴史的な記憶をたどって感慨無量だったのは、歴史的な記憶それ自体だけに対する関心のためではないようだ。そのような歴史的な記憶の再生には、常に今日の私たちが結びつくからである。

2）「私」と「私たち」の確認コンプレックス

事実、詩集全体で、詩人金昌永が西塔を通して表現しようとしたものは、今日の私たちの、「私たち」と表現される朝鮮族の存在感に対する確認コンプレックスとも言えるほど、この部分に該当する作品が量的にも多く（二十篇を超える）、情緒的にも最も切実に感じられる。だから、前項で見た歴史的な記憶に対する関心は、このような「私たち」の確認コンプレックスから始まったと見ることもできるだろう。

　連作の第一弾で、この点は既に確認できる。「昨夜、夢の中から呼んだ／おじいさんが懐かしい／明け方　西塔を訪ねる」という表現は、連作詩全体の創作動機を提示したと見ても差し支えない。「これまで顔さえ見たこともないおじいさん」の声、「お前　西塔を胸に焼き付けろ！」が「塔の下で塔の言葉に耳を傾ける」という表現と重なり、「私」と「私たち」のアイデンティティ確認の欲求を十分に表しているからである。言い換えれば、西塔は、移民民族である「私たち」の象徴として、詩人の意識と情緒を刺激しているということになるだろう。「妙香山牡丹峰」（北側の地を象徴）を経て「漢拏山」（南側の地を象徴）に達すると言ったのは、前の「ヒョンプンハルメコムタン屋」という食堂の名前と関連させて考えてみれば、どのみち商号の名称から明らかだが、これを通して故国の山川、故国の地を表現しようとした詩人の意図もまた明確である。そのように見れば、この作品では、「私」あるいは「私たち」を、朝鮮半島から移住し西塔に象徴される中国の地を定着地として生きていく共同体と見て、これを自ら確認しようとする意志が強く感じられる。

　この点は、2で「私たち」を胸に「白いキキョウの花」を咲かせた共同体、すなわち故国の同胞とは区別される存在として認識する点においても改めて確認できる。この作品ではまた、西塔が「道行く人たちの胸の中に塔としてそびえ立つが」「道路として横たわった」という表現に注目する必要がある。西塔が「横たわった」という表現は、連作詩全体で五～六か所登場するが、これは詩人の技巧的な記号とも関連があり、「横たわった」という表現が、「私たち」の定着と密接な関連を持つとき、そこには意味深い象徴性が伴われている。そして、この象徴は、連作詩の全体的な象徴である西塔＝朝鮮族＝誇らしい定着民共同体、という意味を帯びることとなる。なぜ西塔が詩人の意識の中でそのように切実な意味を持っているのかを推察させるものでもある。

「私たち」としてのアイデンティティ確認の欲求は、多角的に行われる。27で、詩人は、西塔が「ここにこうやって立っているのは／悲しみか　自慢か」と問題を提起しておきながら、「一文無しで鴨緑江を渡るしかなかった悲運」が今でも残っているならば、それは当然、侘しいということになるだろうが、「再び綴る私たちの人生」は、むしろ誇りになると言う。アイデンティティ確認の一つの方法になるだろう。そして、再び「朝鮮文書店」という副題がついた28を見れば、故国との関連、あるいは民族的なアイデンティティを認める。「西塔大冷麺店」という副題がついた31では、冷麺愛を通して、再び民族的アイデンティティを確認する。「北陵公園遊び」という副題の42は、瀋陽の朝鮮族が、なぜ北陵公園遊びにそれほど愛着を持つのかを通して、共同体の自己確認の欲求を表したりもする。特に43における「白頭に至るつつじの花道と／漢拏に続くムクゲの花道が見える」という表現は、私たちの共同体の二重的なアイデンティティを確認する詩人の独特な感受性の所産といえる。

このように、詩人は「私たち」としての朝鮮族共同体の自己確認を通して、私たちの人生に重要な意味を付与しているが、ここで西塔は、常にその象徴あるいは価値の重要なイメージとして読者の情緒を刺激する。

3）危機を迎え撃つ心

しかし、共同体としての自負心と価値意識は、詩人にとっても常に自信だけを表してはいない。都市化を迎えて分裂してゆく私たちの共同体の現実の前で、このような問題性は自然に導き出されるのである。にもかかわらず、詩人は、そのような危機的状況を迎えて、挫折して嘆いているばかりではない。西塔のイメージ、あるいは象徴には、そのような危機を解消しようとする意欲、あるいは自己の誓いの意識が多数表れている。

ところで、詩人の危機意識は、連作詩の序盤では特に見られないが、中盤に入ると次第に強くなってゆく傾向が見られる。都市化時代を迎え、民族共同体が直面した危機に対する詩人の意識が徐々に高まってきていることを物語っている。

例えば、34で、詩人は危機意識と危機を克服しようとする意志を初めて表している。それも「長い歳月を三伏の猛暑の下で／塔が日射病を患う」という表現に見られるように、最近の危機だけではなく、朝鮮族が経験した試練と苦難のすべての過程を含んでいるようにも見える。そこには今日の危機ももちろん含まれるのであるが。しかし、詩人はそのような試練、危機の克服を「曇った日に骨に染み込んだ冷気を温めること」と見て、「少しの邪魔もせず全身に任せ／熱を受けすっかり溶けては／この地に立ち直ること」と楽観する。このような詩人の楽観には、移民と定着過程を経て現在に至った私たちの歴史的な底力が土台となったのだろう。

37でも、詩人の楽観的な情緒は、過去百数十年の歴史的な経緯が土台となっているが、未来の不透明性に対する詩人の心配は少し深まったように見られる。「始まりが見えないように／終わりも見えないだろう」という最初の二行が隠喩するのは、過去の試練よりも現在の危機意識である。しかし、詩人が持っている心は、相変らず楽観的である。「見えない果てを見るために／高くそびえる／見えるまでもっともっとそびえるのだ」という最後の連の表現がそうである。もちろん、このような詩人の楽観は、「振り返れば／今振り向いて見えるところまでが／ほんとに大事なんだよ」という表現に見られるように、非常に哲学的な自信、あるいは強力な文化的な能力を土台としている。そして、40において、そのような危機克服の誓いと楽観的な情緒はさらに高まっている。たとえ、「旅立つはずだった歩みに／悲しみはあったものの」すなわち、移民の出発と過程には、苦難と試練、そしてそれによる悲しみがあったが、「果てしなく続く原野に咲いた／福々しい稲の花」のように、「あの西塔街に仲むつまじい／「私の住んでいた故郷」の歌」のように、もう悲しみは、少なくとも過去の悲しみではなく、「太陽の光が美しい日になるたびに／太陽光のように生きることだ／ここで故郷のように暮らすことだ」という表現に見られるように、私たちの人生、共同体の人生は、究極的には楽観的であるという詩人の情緒、意識には変わりがない。50も似た情緒が見られる。「暖かい春風だけだったら、今日のこの姿／空の下で堂々と自慢できただろうか」という今日の詩人の楽観主義の原因となるもので、「また　いつまで今日まで　やってこられたように／ただ　このまま　こうするしかないのかもしれない」では、未来の共同体の運命の不透明さに対する心配と必ず危機を克服しようとする意志が表れている。そして67では、もう一度「花のように笑いながら生きて行くことだ」という最後の詩行が意味するように、悲しみを乗り越えて、屈強に、粘り強く、そして楽観的に生きて行こうとする共同体の意志が詩人の情緒に溶け込んでいる。

金昌永において、西塔は、試練を勝ち抜いた「私たち」であり、「寝そべった」西塔は、移民地に定着して根をおろして陽光のように明るく、花のように笑いながら生きていく朝鮮族の共同体の別の表現である。たとえ、都市化時代を迎えて共同体の分解という危機を迎えようと、強硬に自分の場所を守っている西塔のように、朝鮮族共同体もまた最後まで自己主張しながら生きていくということ、そして、このような根気と力は、百数十年の試練と苦難の歴史的な過程を経て形成されたアイデンティティと、そのアイデンティティを結成させた文化的、生活的な能力であるという点、これが金昌永詩人が築いた西塔の象徴性、あるいはイメージの内包となるだろう。

3　帰り道のない者の悲しみ――郷愁

二度と帰ることのできない、あるいは帰り道がない故郷、これは移民期の私たちの詩人の重要な情緒的な表現であった。もう移民の第三、第四さらに第五世代が私たちの民族共同体の主流となった状況でも、このような故郷の喪失の悲しみ、あるいは郷愁は依然として重い人生の荷物となっている。ディアスポラの共通した記憶であり、情緒といえる。

1）望郷と郷愁の凄絶さ

「潮が枯れるか／恋しさは果てしなく」で始まる20番の作品は、懐かしさをそのまま抽象的に表現している。しかし、切実な希望が塔で固まったという表現の、その象徴的な意味は単純ではない。個人的な希望を共同体の希望に昇華させているためである。特に、「私の切実な望みは塔で固まり」での固まったという表現は、願いの切実さを十分に表したものと言える。とすると、このように切実な希望は何であり、またなぜそのように切実なのだろうか？

上記の作品の最後の連に出てくる「遥かなる水平線を仰ぎ／盲目の心　どうしよう」でも、大概はその希望が故国に対する、あるいは故郷に対する切実な懐かしさであることを推察させる。しかし、あまりにも抽象的で、ただ「推察」できるだけである。しかし、21では状況が異なる。故国に対する、故郷に対する望郷あるいは郷愁の情緒が具体化されているだけでなく、代を引き継いで遺伝する懐かしさを、父と母世代の「行きたい」と「会いたい」から話者世代の「懐かしい」に、再び「ここで生まれ育った私の息子は／無言の塔と塔の向こうのあちらの山を／お父さんのように　私のように　覚えているかな？」という心配までを含めた懐かしさを究極に表している。

そのような懐かしさ、郷愁は、22と44に至って高まる。そして、なぜそのような懐かしさが、それほど切実であるのかを確認させる。「太陽と月が交代に昇り暮れても／受け取ってくれない無情さに／戻れない心残りが重なって」は、胸にしこりができて、刺まで刺さっているということである。そして、そのような悲しみは、歴史的なしこりでもある。44での「悲しみ一つは取るに足りないようでも／私の胸の奥底にできものができて　膿んで裂けて／拭いても拭いても癒えない」である。ここでの悲しみは、まさに「まだまだ残っている　かえらぬ悲しみが」という最後の行で表現された望郷と郷愁の悲しみである。結局これである。「戻れない心残り」、故国、故郷は、そこにそのままあるが、世代が変わって山や川まで変わって戻ることができない状況、それが移民初期の私たちの先祖が体験した「戻れない心残り」とはまた別の「戻れない」ことなのである。そこから悲しみを伴った切実な望郷と郷愁の情緒が育って湧き出るのである。そして、先祖の悲しみは、今でも遺伝して受け継がれているのだ。

2）分断の痛みを抱えるディアスポラ

戻ることのできない故国に対する、故郷に対する情緒は、今や故国と故郷に対する関心として広がる。24で、「塔のこちら側を向こう側みたいに見て／塔の向こう側をこちら側のように見てやろう」という最後の二行の表現は、塔のこちらとあちらを暗に故国の地の南と北を隠喩し、それに対する話者の関心を表している。そして、48では、より直接的に故国の痛ましい現実に対する胸の痛みを表している。「塔がひそひそと話す声を聞くと／一面に冬物語の　冷たさだ」という最初の二行の表現において、「冬物語」は、故国の地の切ない現実、例えば、分断の現実や分断によって広がる様々な痛ましい事件、事実を隠喩するものだろう。「実に長い年月／懐かしい故郷の話を聞くことさえ罪になる」という中間の二行と最後の三行の「故郷の春風がまだ／ここに吹いて来られないからだ／ずっと待とう！」でこれを確認することができる。ここで特に、「ずっと待とう！」という最後の詩行は、最初の自我がどれほど故国の「春風」あるいは懐かしい便りを待っているのか、言葉を変えれば、どれほど故国の統一や目覚ましい発展を期待しているかを表している。

詩人の郷愁の中に、南北分断の現実がどれほど胸を痛めつけているかを見せてくれる作品がまさに51である。西塔の下で耳を傾ければ、親しくささやく朝鮮八道の言葉遣い、方言の饗宴を楽しく聞くことができ、友達となって親しく過ごすが、故国に行けばソウルと平壌、各々が別々に遊ぶというものである。その切ない気持ちは、「ソウルと平壌のお二人を　特別ゲストとして招待し／一緒に生きる姿を見せてあげられたら、どれだけ良いだろう」という最後の二行によく表れている。

62を見れば、このような分断の痛みに対する胸の痛みは、南北統一に対する熱望に昇格する。「漢拏から白頭へ行く道／いつになったら開かれるかな?」という最初の二行の象徴的な意味は、強いて説明が必要ではないが、詩的自我は、南北統一の偉業をただ熱望に終わるものではなく、「花咲く塔の故郷に／漢拏　白頭の精神」を植えて「金剛　雪嶽の魂を生かそう」と訴える。「見捨てられた身の上でも／捨てられない所」であるためであり、また、上記51番の作品で確認された「塔が出した道」、「塔の心に沿って」、すなわち南北に故郷を持つ朝鮮族が、「みんな友達として仲良く」過ごす共同体の知恵を集めて故国の統一に力を与えるということである。もちろん、朝鮮族の共同体が生存して築いた知恵が、南北の統一に十分な手本となることは疑いの余地はないが、数十年間絡み合った氷のように凍てついて石のように固まった南北の心を悟り、溶かす力が私たちに果たしてあるのかは、時折疑わしくも思われるが、詩的自我の願いと熱望、その願いと熱望の切実さは認めざるを得ない。

故国と故郷に対する愛、懐かしさの凄絶さは、49で再び確認することができる。「遥かなる寂しさ／アリラン十二峠を歌って、また歌う／声が嗄《か》れる」声まで嗄れるほど、詩的自我は懐かしさに身を焦がす。そして「陽炎が踊る春の日にも／春の歌は／胸にしまっておいた」と叫ぶ。ディアスポラの悲しみであり、悲痛な悲しみがここにあるだろう。

正確な統計は出しにくいが、保守的に推察しても、朝鮮族の半数ほどが韓国に行ったことがあるものと見られる。それなら、故郷に「かえらぬ悲しみが」、あるいは最初の移民として誘発されたホームシックは、基本的に解消されたものと見る人がいるかもしれない。しかし、そう考えるのは大きな勘違いである。まだ先祖の故郷に行ってみることができないからではなく、百年以上遺伝し、今日まで受け継がれてきた「ホームシック」を解消するために行った故郷は、事実上の想像の中の故郷ではないからである。故国も変わったが、私たちも変わり、したがって遺伝的に受け継がれてきた「ホームシック」は、もしかしたら永遠に治ることのないディアスポラの悲しみとなってしまったのかもしれない。

もう一つの側面において、望郷と郷愁、故国の分断によって痛む心は、事実上、朝鮮族のアイデンティティの一部分である。ならば、この項の象徴性あるいはイメージもまた、前の項のそれと特に変わらない。共同体のアイデンティティ確認、あるいは共同体の一構成員として、自己確認の意味となるからだ。

4 塔のもう一つのイメージ
――人生の真理の象徴

これまで、私たちは西塔の民族的な象徴の問題について論じてきた。たとえ、連作詩の中心議題あるいは核心的なテーマが共同体の人生に対する関心であることは事実であったとしても、しかし、それに限定されるわけではない。この詩集では、西塔は民族的象徴の問題を意味するほかにも、ある部分では人類共通の人生の問題を象徴したりもする。詩人が、たとえ西塔を主として朝鮮族の共同体の象徴体系として認識しているとしても、詩人は朝鮮族の共同体の構成員である以前に一人の人間、すなわち人間の普遍的な価値と意識を持っている個体であるためである。

1）歴史の重みと人生の虚無、そして達観

詩人のこのような個体的認識、あるいは普遍的な価値は、歴史の重みと人生の虚無に対する情緒とし

て代表的に表れている。

11で話者は、「僧侶たちが去って行って／塔は無言のまま」と言い、「私の目に見えるのは／空っぽになった空ばかり」として歴史の重さと人生の虚無の意識を表す。しかし、その虚無は空虚や喪失感ではないようだ。「私の心は空《そら》のように空《から》になり／風一つ吹かない／湖のように静まり返っている」からは、人生の空虚や歴史の虚しさが喪失感ではなく、達観的な世界認識に至ろうとする意識の方向が伺える。しかし、最初の連をほぼそのまま重複したような最後の連の「もうこれ以上／塔はなく／僧侶たちも居ない」という表現には、虚無意識が再び強化され、いわゆる宇宙的な苦痛を表している。

このような虚無意識が、仏教的世界観と結びつくようになったことは、もしかしたら避けられないことかもしれない。14には、それがよく表れている。「空にして　あるかのようにないかのように／立つ／横たわったように立つこと」という最後の三行の表現は、「心即空」でも「時即空」のように空と無を追求する仏教的世界観と密接な関係を持つ。それが「塔から視線をそらして／心から塔を空にすることは／塔のその空間に／私を立てることだ」という最初の四行の意味と互いに呼応して、執着を捨ててこそ無為静寂に達することができるという仏教的価値、もしかしたら達観の境地に対する話者の認識を示したものと言える。25では、そのような詩人の認識が、人間の認識の限界、人間関係の側面にまで拡大する。心で見ずに心で読まなければ、対象を見ることも読むこともできないのではあるが、対象の裏側で対象の心を読むもう一つの心があるということは、しかも知らないということは、その心の目とは、まさに無為や達観の境地ではないだろうか。

詩人の達観に対する認識、人生に対する価値の追求は、33と35でも仏教的な価値観と重なって、ある悟り、「頓悟」の境地を表す。33の「微々たるものの一つ一つも／太陽光のような貴重な存在であることを／静かに悟らせる」という表現で読むことができ、35では、「私の考えの千万の道が　実は／私が歩いたそのたった一筋で繋がったのだ」という多分に哲学的な象徴として表現されている。もちろん、このような詩人の認識は、「塔」と常に関連性を持つ。「そこには私の考えの終わるごとに／塔が一つずつ立っているかな？」がそうである。

達観に達しようとする詩人の執着あるいは瞑想は、38に至って再びその境地が何なのかを確認させてくれる。「目を開けて空を見上げれば／実に高そうに見えるが／目をつぶって感じたら　私の手が／天に届いていているように」では、前で言及した「心の目」の法則を再確認しており、「塔もないし　天もないし／私だっていないよ」という最後の二行の表現は、人間が無から生じて無に帰るという世の中の摂理を象徴するものだろう。そして、そのような認識は、「私の西塔街を歩いて　しばらく立ち止まって／君を仰いで思ったことは／君を踏んで立ったこの地の気運と一つになって／頭上は天に届きついに」という仏教的瞑想を通して得られたように見える。56で、「いつかまた崩れることがあっても／理由も聞かずに悲しまないで／目をつぶって考えさえ捨てて／私さえ　いるようでいないように　また何が必要なのか」という最初の連の象徴性は相変わらず「空」という仏教的世界観と繋がっている。

結局、詩人は、空、無為などの仏教的な価値を通して達観の境地を実現することができると認識している。そして、このような認識は、黙して動かない、塔の仏教的意味から瞑想を通して得られたように見える。

2）日常脱出の欲求

「空」や「無為」に対する価値認識にもかかわらず、現代文明の絶え間ない誘惑は、簡単にはぬぐい去ることはできないようだ。もちろん、現代人の人生は、文明の追求と脱出の欲求という二つの互いに矛盾した情緒を胚胎しているという事実を想起させるとき、これもまた、もしかしたら当然の現象なのかもしれない。

まず、17において、夜と昼が変わった現代人の人生は、相当批判的な見方で表現されている。「月が涙を流す」という表現が、そのような詩的自我の情緒を代弁してくれる。そして、19では、そのような文明批判の情緒が、日常からの脱出の欲求と空と無為への追求へと飛躍する。ここで、「たまには引っ越そうかと考えることもある」ということは、日常からの脱出、すなわち現代文明に対する疲労感を表したことが明らかである。よくこのような類型の日常からの脱出の欲求は、単なる欲求に止まったり、一時的な逸脱の欲求に変質することもあるが、金昌永詩人の日常からの脱出は、「空いた空間　空き地を求めて」「引っ越しの道中で捨てて／きれいさっぱり空になり軽くなった心」という表現から確認することができるように、「自己の空」あるいは「無為」の境地を仮想目標としている。「僕の行きたい場所は別にない」ということは、俗世のそれとは全く異なる境地になるからである。

しかし、詩人が最初から定めていたような境地とは異なり、現代の文明は絶えず詩人を誘惑する。46の「欲張りすぎた私の心」や、88の「何かによく揺れる私」がそうである。しかし、話者のこのような世俗的な欲求、現代文明の代表的な欲求である物質に対する誘惑は、同時に塔の「与えられた小さいことにも心から満足する」「堂々としている君の姿により制御されて抑制される。「今からでも値段もつけずに質に入れるべきだ」という心構えや「もう動揺しないために／揺れるだけ揺れることにする」という自己検証は、そのような詩人の意志を代弁するものである。

だから、金昌永詩人にとって、西塔は共同体の象徴としてだけでなく、塔という普遍的なイメージとしても重要な詩的な関連物であるという話になるが、ここで空や無為という仏教的な価値観は、詩人の達観に対する認識を代表する境地になるだろう。

5　結び

全体的に、金昌永の『西塔』の連作詩において、西塔は、私たちの先祖と私たち自身までを含む移住民を象徴する。移住民の歴史的な記憶、帰ることのできない故郷に対する郷愁、さらに日常の脱出欲求と宇宙的な孤独まで、塔は受け入れる。西塔の象徴的な意味が私たちの心を重くもし、誇らしくもしながら、時には悲しくもするという原因がまさにここにある。

百篇の詩作品を数年かけて書き、最初から最後まで詩人の立場やテーマ意識には、ほとんど変化がない。この詩を書き始めた動機が、長年詩人の意識の中で発酵され、連作詩の形で姿を現したものと見ることができる。しかし、熟したテーマ意識という側面では長所となったりもするが、詩を書きながら時々意識の変化がありそうなものだが、あまりにも変化がないということは、かえって弱点ともなり得る。ひょっとして、歴史の重みを表現するという詩人の強迫意識が、テーマ意識の変化を制約したのかまでは分からない。今や、たまに余裕を持ってもう少し軽くなった心、開かれた心で西塔の新しい歴史を書くことはできないだろうかと期待してみる。

本稿の冒頭で、金昌永の詩は、味噌やキムチのように素朴で味わい深さがあると言った。しかし、素朴だということは、言葉を変えれば単純であるという表現も可能で、弱点ともなり得る。華やかな表現を求めず、極力無駄を取り除いた詩句という側面は長所となるが、現代詩の多くの表現技巧が欠如しているという側面では弱点ともなりかねない。現代詩の核心的な特徴は、イメージの戦略的な使用にある。理性的なテーマの発掘ではまったく不可能な創造的な意味が、詩人の感性を通して詩人自身も感知できないうちに現れることが、まさにイマジズムの長所ではないかと思われる。もちろん、技巧というものは、必須というより選択の問題となるが、今日の水準を超えて新たな環境を切り開くという意味では、一度は考えてみなければならない。

詩集『西塔《ソタプ》』を日本語訳で読む意義深さ

佐川亜紀
日本現代詩人会前理事長
日本社会文学会理事

瀋陽市の「西塔」と日本のかかわり

「西塔」連作百篇からなる『金昌永詩集　西塔』は圧巻である。中国朝鮮族の詩史でもまれだというが、一九六七年生まれの作者が挑んだ詩の形式として注目すべきであろう。朝鮮族の新世代の熱い意欲にこめられた詩想を探ってみたい。

　まず、「西塔　1」で、歴史を受け継ぐ意志が語られる。

西塔　1

昨夜　夢の中から呼んだ
おじいさんが懐かしい
明け方　西塔を訪ねる
塔の下で塔の言葉に耳を傾ける
ヒョンプンハルメコムタン屋でテールスープを
　一杯飲みほし
妙香山《ミョヒャンサン》牡丹峰《モランボン》を経て漢拏山《ハルラサン》に至る
これまで顔さえ見たこともないおじいさんが
前から手招きするように　後ろに付いてくるように
私は　戻って再び塔の下に立つ
空の向こうから　かすかに聞こえてくるおじいさんの声
「お前　西塔を胸に焼き付けろ！」

「お前　西塔を胸に焼き付けろ！」とのおじいさんの声は、本連作詩の導きになっている。「西塔」は、日本でも比叡山延暦寺の三塔のひとつとして知られているが、本詩集では、中華人民共和国遼寧省瀋陽市に存在する延寿寺のことを指している。西塔が位置する西塔街は、朝鮮族居住地であり、日本が朝鮮半島を植民地支配した歴史と密接にかかわっている。さらに、一九九二年の中韓国交樹立により大韓民国のビジネスマンや留学生が多く入り、大きなコリアンタウンとなったそうだ。「ヒョンプンハルメコムタン屋」は、韓国のおばあさんの牛肉スープ屋を意味するだろう。「妙香山」「牡丹峰」は朝鮮民主主義人民共和国の山と丘である。「漢拏山」は韓国・済州島の高い山である。詩において朝鮮半島全体に思いを巡らしている「塔の下で塔の言葉に耳を傾ける」とは、朝鮮半島から渡ってきた中国朝鮮族の歴史と人生に耳を澄ますことだ。

しかも、朝鮮民族の移住と離散、南北分断の歴史には、日本が朝鮮半島を支配した史実が深く関与していることを今一度、十分に認識すべきだ。

「西塔　3」にも記されている。

西塔　3

——梁世《ヤンセ》奉《ボン》将軍の銅像に付す

切られた一生が
過ぎ去った歴史を物語る
目まぐるしい馬蹄の音に
奪われた畑　失われた山が
肩を上下に揺らしてすすり泣く
暗闇の中で曙光を探してさまよった
不屈の魂は松の木で青々としている
止まった時間の中に
切られた一生が
今日を起こす

梁世奉は、朝鮮の独立運動家で、朝鮮平安北道鉄山郡で生まれたが、一九一七年に間島へ移民し小作農で生計を立てた。「日韓併合」に反対して一九一九年に韓国で起きた三・一独立運動を契機に独立運動に参加するようになったという。朝鮮革命軍をまとめ総司令官になり、中国義勇軍と連合軍を形成したが、一九三四年に刺客に殺害された。一九六二年に韓国で大韓民国建国勲章独立章を受勲し、朝鮮民主主義人民共和国でも愛国烈士陵に埋葬されているそうだ。「奪われた畑　失われた山」は、日本の植民地支配で奪われた田畑や山地を表しているだろう。「暗闇の中で曙光を探してさまよった／不屈の魂は松の木で青々としている」は、抵抗運動の魂が現在も脈々と受け継がれていることを告げている。

瀋陽市は、日本が中国に「満州国」を強行建設した時代に奉天と呼ばれ、関東軍の暴走が始まった地でもある。16の「《奉天クッパ屋》」の注「＊1」に、「夫を亡くした八人の独立軍夫人たちが資金を集めるため西塔街に「奉天クッパ屋」を建てたことから朝鮮人たちの商圏が始まったという説がある」との因縁が伝えられるほどだ。これらの作品と史実を省みて、本詩集を日本語に訳出し、読む意味はたいへん大きいと言えよう。

詩人たちとの対話と言葉への愛

満州に渡り、暮らした朝鮮詩人に対する親しみと関心も格別だ。

15は副題が「詩人白石を偲びながら」とあり、作中に白石の詩の一節が引用されている。白石（ペクソク一九一二～九五年）は、平安北道定州で生まれ、日本の青山学院大学で英文学を学んだこともあり、その後、満州安東で税関業務に従事し、解放後も北朝鮮にとどまり文筆活動を続けた。日本支配が強まった時代に、農民の暮らしと感情を特有の平安道方言で表現したことで知られている。引用詩の「南新義州柳洞　朴時逢方」は、一九四八年に発表された。韓国では、長らく越北詩人として文学史から消されていたが、八七年の民主化以降は、全集も刊行され、評価が高まっている。

32は、副題が「柳致環の「絶島」に答えて」とあり、詩の応答が見られる。柳致環（ユチファン一九〇八～六七年）は、慶尚南道で生まれ、一九三九年に第一詩集『青馬詩抄』を上梓し、翌年満州に移住した。解放後四六年に満州から帰国し青年文学家協会の会長職に就くなど活躍した。四七年に刊行した第二詩集『生命の書』には満州に住んだときの思いを踏まえたと思われる作品があり、詩「絶島」にも伺える。「孤独な絶島である」ような満州の広野は現代では「もう違う」。現在は、「太陽が輝く広野の一日は／笑いの花でいっぱいだ」になった。しかし、人間の生命の実相をみすえた柳致環は「何もかもが分かっているようで　それゆえに美しい」と感じる。満州で暮らした朝鮮詩人たちの詩に思いを寄せ、今との違いを見出しながら、人間の本質を表現した作品に親しみと尊敬を抱いている（白石と柳致環につい ては、金時鐘訳『再訳　朝鮮詩集』（岩波書店）、『韓国近現代文学事典』（明石書店）を参照した）。朝鮮詩人にたいする敬意は、ハングルに対する愛情にも通じている。28には、「子音母音たち踊る風景の中に／世宗大王が花の雲に乗っていらっしゃって／聖なる塔としてそびえ立ち」「忘れられるもんか　忘れられるもんか／子音母音が調和した塔と／塔が守る子音母音」とハングル、朝鮮語が塔であるとの認識が歌われる。中国での暮らしで、世宗大王が創出したハングルを忘れず使い続けることは、精神的な塔の形成に不可欠であろう。

ハングルに対する愛は、南北分断が続く朝鮮半島の融和への願いに至る。43の「長い歳月の間　塔の胸に血の涙で刻まれた／白頭に至るつつじの花道と／漢拏に続くムクゲの花道が見える」や、61の「ソウルの空と平壌の空で一緒に輝いて」、62の「ここ塔の下にみんな集まれ／集まって　塔の下で我々／「私の住んでいた故郷」を　声を出して歌いながら／花咲く塔の故郷に／漢拏　白頭の精神を植えよう」などの詩句には、朝鮮族の「塔」が友愛と共生の象徴になってほしいとの願いが切実に響く。

「西塔」の崇高さと不動への憧れ

「西塔」は、歴史や社会的な意味だけではなく、作者の詩心を形作る高さへの憧れや不動、統一や無の境地をも暗示している。

9では、「私の横になった体が一つになる瞬間／私は／塔に立つ」、35では、「私の考えの千万の道が　実は／私が歩いたそのたった一筋で繋がったのだ」と幾多の試練に見舞われて複雑化した歴史が集まり、ひとつになることを願う。

一方で、仏教的な「空」の思想があることで、歴史の塔が「一つになる」かもしれない。11では、「私の心は空《そら》のように空《から》になり／風一つ吹かない／湖のように静まり返っている／／もうこれ以上／塔はなく」という無の境地を抱く。93の「テコでも動かないあの姿勢で／どれだけ多くの心を揺さぶったことか」と、「西塔」は、高く不動なる精神を象徴し続け、それを作者が内面化しつつある。

「あとがき」に「今や、私が生まれた家と私が身を置いて生きている瀋陽が、心の故郷として一つになるまで、私の苦闘は続くことを約束し」と金昌永が述べているように、歴史社会と超越的な精神の葛藤の中で自己存在を創出する苦闘が感じられ、稀有な連作詩にこめられた魂の劇に心を打たれる。

ところで、訳者・柳春玉は、『東京の表情』（土曜美術社出版販売　二〇二一年）でデビューした詩人である。78篇の詩の表題がすべて「東京の～」で始まる驚くべき連作詩集だ。東京で発見したさまざまな文化の表情をいきいきと描き、異国暮らしの疎外感も率直に表している。詩「東京の星」では、北間島（延辺朝鮮族自治州）に生まれた韓国詩人として著名な尹東柱に思いを馳せている。私も尹東柱の故郷を訪ね、石華詩人はじめ延辺の詩人たちにお会いする機会を得たことがある。金昌永詩人の詩を読み、中国朝鮮族の詩人への理解を掘り下げることができ、ありがたく思う。

詩人・柳春玉が並々ならぬ敬意と知識を持って、壮大な〈中国現代詩人文庫〉を企画刊行することは喜ばしく重要な仕事である。優れた日本語訳で出現した『金昌永詩集』を、多くの日本の読者が意義を読み取り、広く普及することを願ってやまない。

西塔　あとがき

故郷の家を離れて秦皇島の海辺をぶらぶらしていたが、盤錦紅海灘をのぞき見ながら、一九九五年に瀋陽に定着して今日に至ったので、西塔に出入りしてからもう二十七年という時間が流れたことになる。弱冠の右往左往と、而立の三十代の勇往邁進と、不惑の四十代の一瀉千里を経て、今、知天命の五十代の一時を西塔と共にしている中で、詩集『西塔』の日本語版の出版は、私の人生において忘れることのできないものであり、詩集の翻訳と解説、編集と監修、出版などに力を尽くしていただいた皆様に心から感謝を申し上げます。本詩集に収録された百篇の西塔の連作詩は、すべて二〇〇七年から二〇一〇年の間に創作された。当時、西塔の連作詩の創作動機は、拙詩『瀋陽に住んで……西塔190』に如実に反映されている。

偶然生まれて育った故郷に行けば／故郷の人たちは私を瀋陽人と呼ぶ／故郷の人たちの羨望の眼差しの中に／両肩が上がるのも束の間／なんとなく捨てられたような感じで悲しみが漂う／だからといって　瀋陽は私を瀋陽人として受け入れてくれるのか／瀋陽に住み、知人たちと酒を飲むときには／必ず私を身内と呼ぶ彼らから見れば／瀋陽で私はまだ異邦人であることに違いない／いつになったら私は故郷の人々に忘れられない故郷の人として／瀋陽の人々がそっぽを向くことができない瀋陽の人として刻み込まれるのか分からない／寝ても覚めても塔の下で西塔の流れに背を向けることができない。

西塔を胸に抱いた瀋陽人に堂々と生まれ変わることで、生まれ育った家や故郷の人々が、忘れることのできない故郷の人になってしまうことへの苦闘であったと、あえて言おう。誰かが心の狭い個人主義と酷評しても言い返す言葉もない。実際、一つの峠を越えてみると、すべてのものが埃のようで、小麦粉のようだ。もしかすると、埃が小麦で、小麦が埃なのかも知れない。今や、私が生まれた家と私が身を置いて生きている瀋陽が、心の故郷として一つになるまで、私の苦闘は続くことを約束し、もう一度、この詩集の出版のためにご協力頂いた方々に感謝を申し上げます。

二〇二三年初夏

中国瀋陽にて

金昌永

著者
金昌永（キムチャンヨン）
中国朝鮮族詩人。
一九六七年吉林省集安市生まれ。
延辺作家協会　理事。
遼寧省作家協会　会員。
詩集『山のように、水のように』『西塔』。
「延辺文学」文学賞、「長白山」文学賞。
現在遼寧朝鮮文報編集兼記者。

訳者
柳春玉（りゅう・しゅんぎょく）
日本翻訳連盟会員、日本現代詩人会会員、日本詩人クラブ会員、日本ペンクラブ会員、中国延辺作家協会会員、中国詩歌学会会員。
現住所　〒三四三―〇〇二六　埼玉県越谷市北越谷三―三―三　電話〇八〇―五〇八七―二二五二

編集　金学泉・全京業・張春植《チャンチュンシク》・韓永男・金昌永・柳春玉
後援　金春龍

中国現代詩人文庫 4 金昌永《キムチャンヨン》詩集

発行 二〇二四年七月二十日 初版

著者 金昌永
訳者 柳春玉
装幀 直井和夫
発行者 高木祐子
発行所 土曜美術社出版販売
〒162-0813 東京都新宿区東五軒町三―一〇
電話 〇三―五二二九―〇七三〇
FAX 〇三―五二二九―〇七三二
振替 〇〇一六〇―九―七五六九〇九
DTP 直井デザイン室
印刷・製本 モリモト印刷

ISBN978-4-8120-2850-6 C0198